MAU HUMOR

MAU HUMOR

Escrito por

Charlotte Zolotow

Ilustrado por

Geneviève Godbout

Traduzido por

Izabel Aleixo

Editora executiva
Izabel Aleixo

Produção editorial
Carolina Vaz e Emanoelle Veloso

Diagramação e adaptação de capa
Filigrana

Dados Internacionais de Catalogação na Publicação (CIP)
Angélica Ilacqua CRB-8/7057

Zolotow, Charlotte
Mau humor / Charlotte Zolotow; tradução de Izabel Aleixo; ilustração de Geneviève Godbout. — São Paulo: Pingo de Ouro, 2021.
32 p.: il , color

ISBN 978-65-89760-03-0
Título: Mauvais poil

1. Literatura infantojuvenil 2. Família I. Título II. Aleixo, Izabel III. Godbout, Geneviève

21-2258

Índices para catálogo sistemático:
1. Literatura infantojuvenil

PINGO DE OURO EDITORES LTDA.
Rua Frei Caneca, 91| Sala 11 — Consolação
01307-001 — São Paulo — SP

Para Elizabeth Janeway
— C.Z.

Hoje o dia está chuvoso. Logo pela manhã, o sr. Francisco sai para o trabalho e se esquece de dar um beijo de despedida na dona Margarida.

Por causa disso e da chuva que deixa o dia todo
cinza, dona Margarida fica de mau humor.

E, quando Antônio desce para tomar
café da manhã, ela reclama:
— Mas será possível, meu filho! Você está usando
essa camisa de novo?! Ela está suja.

Antônio acha que sua camisa não está tão
suja assim e que a mãe é muito injusta.

Por causa disso e da chuva que deixa o dia todo cinza, o menino dá uma bronca na irmã que só agora aparece na cozinha.

— Carlota, você sabe que horas são?!

Vai chegar atrasada na escola!

O relógio marca 8h15, a hora exata em que
Carlota toma café da manhã todos os dias.
"Antônio é muito intransigente!", pensa a menina.

Por causa disso e da chuva que deixa o dia todo cinza, quando ela encontra Teresa na escola, olha para a amiga de alto a baixo e comenta:

— Onde foi que você arranjou essa capa horrorosa?! Parece coisa de menino.

Teresa acha que sua capa de chuva é muito
linda e que Carlota é muito mal-educada.

Por causa disso e da chuva que deixa o dia todo cinza,
quando volta para casa depois da aula e encontra Joaquim
brincando com as suas bonecas, ela grita com ele:
— Eu já disse para não brincar com as minhas bonecas!

Joaquim sempre brinca com as bonecas da irmã. Ela nunca tinha falado nada. Mas hoje Teresa está muito irritada.

Por causa disso e porque não pode brincar lá fora por causa da chuva, Joaquim vai para o seu quarto e expulsa Caramelo, o cãozinho, que cochila em cima da cama.

Mas Caramelo não está nem aí para a chuva que
cai lá fora. Ele acha que Joaquim quer brincar,
então levanta as patinhas e balança o rabinho.

Depois pula em cima do menino. Os dois rolam pelo chão, na maior algazarra. Caramelo vence a disputa, senta-se em cima de Joaquim e lambe suas bochechas.

Joaquim sente cócegas e aí cai na gargalhada. O menino ri tanto, mas tanto, que, quando Teresa vem lhe pedir um lápis emprestado para fazer o dever, ele dá à irmã o lápis mais legal que tem e também uma borracha novinha.

Teresa fica contente e sorri.
— Muito obrigada, irmãozinho!
E, antes de sair do quarto, diz:
— Pode brincar com as minhas bonecas
sempre que quiser.

Teresa não lembra direito qual era o dever de casa para o dia seguinte, então liga para Carlota, se esquecendo de que está zangada com ela.

— Alô, Carlota?

Teresa é tão gentil que Carlota não só explica tudo sobre o dever à amiga, mas também se arrepende de ter dito que a capa de chuva dela era horrorosa.

— Sua capa não é tão feia assim — diz Carlota.

— É só a gente se acostumar com a cor...

Sentindo-se bem melhor agora, Carlota desliga o
telefone e sobe para o seu quarto, cantarolando.
No alto da escada, encontra Antônio.
— Oi, Tonton. Eu não estava nem um
pouco atrasada hoje de manhã.

Ela sorri com tanta doçura que Antônio fala:
— Eu sei, desculpe, foi só para implicar com você.
— Não tem importância — responde Carlota.

Bem nesse momento chega dona Margarida.
— Vou colocar minha camisa para lavar hoje, mamãe — promete Antônio. — Não vou esquecer, pode deixar.

Feliz porque o filho tinha prestado atenção ao
seu pedido, dona Margarida responde:
— Tudo bem, meu amor. Hoje ela não ia secar direito
mesmo, por causa dessa chuva toda. Amanhã será melhor.

No final da tarde, o sol aparece.
O mundo brilha e cintila, e os passarinhos
começam a cantar quando...

... o sr. Francisco entra em casa e dá
um beijo em dona Margarida, antes de
se trocar e ir preparar o jantar.

Charlotte Zolotow foi uma prolífica autora e editora de livros infantis. Nasceu em Norfolk, nos Estados Unidos, em 1915, e, após estudar escrita criativa na Universidade de Wisconsin, trabalhou durante toda a sua vida para levar às crianças histórias que pudessem lhes fazer companhia. Durante os seus cinquenta anos de carreira, escreveu mais de noventa livros e editou centenas de outros, recebendo inúmeros prêmios. Charlotte faleceu em 2013, deixando um legado de histórias que tocam os corações de pessoas de todas as idades.

Geneviève Godbout é ilustradora e designer canadense. Estudou animação em Montreal e também na prestigiada escola Gobelins de Paris, e em pouco tempo já estava trabalhando como designer de personagens para a Walt Disney Company e como ilustradora de livros infantis, tendo seu trabalho publicado por inúmeras editoras. Ela já ganhou muitos prêmios, incluindo o Prix des libraires du Québec, em 2017, além de ter tido o seu trabalho selecionado para a exposição The Original Art da Society of Illustrators em 2017, 2018 e 2019. Com ilustrações delicadas que mantiveram o estilo da história original, Geneviève trouxe renovação e um toque de contemporaneidade a esta nova edição de *Mau humor*.

ESTE LIVRO FOI COMPOSTO EM GT EESTI PRO TEXT,
CORPO 16 PT, PARA A EDITORA PINGO DE OURO